AF371003

(249°)

CATALOGUE

D'ESTAMPES

ANCIENNES, XVIIIe SIÈCLE

ORNEMENTS, PORTRAITS

ÉCOLES MODERNES

ET

LITHOGRAPHIES

DE

Charlet (rares), **Decamps, Géricault, Ingres, Mouilleron,
Raffet** (rares), **Sudre, Carle et Horace Vernet, etc.;**

CATALOGUES DE VENTES CÉLÈBRES AVEC PRIX

PROVENANT DU CABINET D'UN ARTISTE

DONT LA VENTE AURA LIEU

HOTEL DES COMMISSAIRES-PRISEURS

Rue Drouot, 5

SALLE N° 7, AU PREMIER ÉTAGE

LE MARDI 28 JANVIER 1868

A UNE HEURE PRÉCISE

Me **DELBERGUE-CORMONT,** Commissaire-Priseur,
rue de Provence, 8,

Assisté de M. **VIGNÈRES,** Marchand d'Estampes,
rue de la Monnaie, 13, à l'entresol, entrée rue Baillet, 1,
CHEZ LEQUEL SE DISTRIBUE LE PRÉSENT CATALOGUE.

PARIS — 1868

CONDITIONS DE LA VENTE

L'Ordre du Catalogue sera suivi.

Les Lots pourront être divisés à la volonté du Vendeur.

Elle sera faite au comptant.

Les Acquéreurs paieront, en sus du prix d'adjudication, CINQ POUR CENT, applicables aux frais.

M. VIGNÈRES, dirigeant la Vente, se charge des Commissions.

NOTA. Toute commission sans prix fixé ou sans limite déterminée sera regardée comme nulle.

M. VIGNÈRES se charge de faire marquer les prix aux Catalogues des ventes qu'il a faites. Les personnes qui le désirent peuvent s'adresser à lui *franco*.

Plusieurs Amateurs éloignés en ont reconnu l'utilité pour les guider dans leurs achats sur les valeurs des Estampes.

Les Catalogues des Ventes à faire seront envoyés à toute personne qui en fera la demande *affranchie*.

Choix de Catalogues de Ventes avec prix.

PORTRAITS EN BISTRE

Collections de Portraits inédits ou rares de Personnages célèbres

REPRODUITS NOUVELLEMENT PAR LA GRAVURE

Publiés par VIGNÈRES, M^d d'Estampes

Rue de la Monnaie, 13, à l'entresol, entrée rue Baillet, 1.

—◦◦◦◦◦◦◦◦—

ALBANY (Louise-Max. de Stolberg, comtesse d').	Gravée par Varin.
AMOROS, colonel, fondateur de la gymnastique en France.	id.
ARGOUT (Antoine-Maurice-Apollinaire, comte d').	J. Porreau.
BABEUF (F.-N.-Gracchus), journaliste.	id.
BARÈRE (Bertrand), de Vieuzac, conventionnel.	id.
BEAUHARNAIS (comtesse Stéphanie de), poëte, romancière.	Sisco.
BERRUYER, général, commandant des Invalides.	J. Porreau.
BERTRAND LE MOLLEVILLE, marquis, ministre, littérateur.	id.
BIÈVRE (marquis de), célèbre auteur de calembours.	id.
BLANCHARD (Madeleine-Sophie-ARMAND, Madame), aéronaute.	, id
BONJOUR (Casimir), auteur dramatique.	id.
BORGHÈSE (Camille-Philippe-Louis), prince.	id.
BOSSUT (Charles), mathématicien.	id.
BRAZIER (Nicolas), auteur dramatique, d'après Marlet.	id.
BRISSOT (J.-P.), de Varville, conventionnel.	id.
CANCLAUX (J.-B. Camille, comte de), général, pair.	id.
CAYLA (comtesse de), née Talon, d'après le baron Gérard.	Massard.
CLOUET dit JANET, (François), peintre de portraits.	J. Porreau.
COCHON, comte de l'APPARENT, conventionnel, ministre.	id.
DEBUREAU, acteur des Funambules, Pierrot.	id.
DE FERMONT (comte), député, conseiller d'État.	id.
DEVIENNE, actrice, Théâtre-Français.	Normand.
DONADIEU, baron, général de division.	J. Porreau.
DORAT-CUBIÈRES-PALMEZEAUX, poëte, auteur dramatique.	id.
DROZ (Joseph), littérateur, académicien.	id.
DUCHESNE aîné, conservateur du cabinet des estampes.	id.
DUCOS (Roger), avocat, constituant, 3e consul provisoire.	id.
ÉLIE DE BEAUMONT, avocat au Parlement de Paris.	Devritz.
EMPIS (Adolphe), auteur dramatique.	J. Porreau.
EPAGNY (d'), poëte dramatique.	id.
FABRE DE L'AUDE (comte), député, pair, littérateur.	id.
FIÉVÉE (J.), littérateur, auteur dramatique.	id.
FRÉRON (Louis-Stanislas), conventionnel.	id.
FROCHOT, comte, préfet, député.	id.
GARNERIN (A.-J.), inventeur du parachute.	id.
GARNERIN (Élisa), aéronaute.	id
GAUDIN, duc de Gaëte, ministre des finances.	id.
GENLIS (A. Brulard, comte de), cap. des gardes, conventionnel.	id.
GEOFFROY (J.-L.), critique, journaliste.	id.
GODOI (don Manuel), prince de la Paix.	Varin.
GOUFFÉ (Armand), chansonnier, vaudevilliste.	J. Porreau.
GUIMARD (Mademoiselle), danseuse.	id.

Jouffroy (Théodore-Simon), professeur, académicien J. Porreau.
Jousselin de Lasalle, homme de lettres. id.
Kant (Emmanuel), philosophe allemand. Bracquemond.
Lacalprenède (Gauthier de Costes, seign. de), romancier. Varin.
Lainé (J.-H., vicomte), ministre et académicien. J. Porreau.
Lamballe (princesse de), dessinée d'après nature par Gabriel. id.
Lasource (M.-David-Albin de), député du Tarn. id.
Lavallière (L.-F. de la Baume, duchesse de). id.
Lenormand (Mademoiselle), nécromancienne. id.
Lucotte (Edme-Aimé), lieut.-général, comte, né à Dijon. id.
Marat, à la tribune, dessiné d'après nature par Gabriel. id.
Martin (Louis-Aimé), littérateur. id.
Maurepas (J.-Fréd. Phelypeaux, comte de), ministre. Varin.
Mazères (Édouard), auteur dramatique. J. Porreau.
Mesmer, auteur du magnétisme animal. id.
Mézerai, actrice, Théâtre-Français. Normand.
Orléans, duc de Montpensier (Ant.-Philippe d'), 1773-1807. J. Porreau.
Persuis (L. Loiseau de), musicien, d'après Pierre Guérin. id.
Petiet (Claude), député, ministre de la guerre. id.
Philidor (André-Danican), musicien, auteur du jeu d'échecs. id.
Pilon (Germain), sculpteur, 1550. id.
Pixerécourt (Guilbert de), fac-simile, d'après J. Boilly, in-4. id.
Pongerville (Samson de), académicien. id.
Pontus de la Gardie, général en Suède. id.
Ramel-Nogaret, ministre des finances, préfet. id.
Récamier (Madame), d'ap. Cosway. id.
Reveillère-Lepaux, botaniste, théophilanthrope. id.
Robert-Lindet, député, conventionnel, ministre. id.
Romme (Gilbert), conventionnel. id.
Rouget de l'Isle, auteur de *la Marseillaise*, musicien. Varin.
Saint-Huruge (marquis de). J. Porreau.
Saint-Phix, acteur, Comédie-Française. id.
Saint-Simon (Claude-H., comte de), philosophe. Perrot.
Silvain Maréchal, poëte et littérateur. Devritz.
Tallien (Madame), née Cabarus, d'après le baron Gérard. Massard.
Treilhard (J.-B., comte), député, ministre, etc. J. Porreau.
Tronson du Coudray, avocat, du Conseil des Anciens. id.
Vadier (A.), député aux États-Généraux. id.
Vatout (J.), poète, académicien, bibliothécaire. Varin.
Vigée (L.-G.-B.-E.), poëte et auteur dramatique. J. Porreau.
Vestermann, général, d'ap. le Phisionotrace. id.
Cartouche (Louis-Dominique), fameux voleur. Lallemand.
Mandrin (Louis), fameux contrebandier. Delaistre.

Chaque portrait pouvant entrer dans un in-8° est tiré in-4°.
Avec la lettre, papier blanc, 1 fr.; papier de Chine, 1 fr. 25 c.
Avant la lettre, papier blanc, 1 fr. 50 c.; papier de Chine, 2 fr.
Dont il n'est tiré que 20 épreuves blanc et 5 Chine.

Afin de faciliter les recherches des Amateurs de portraits, soit pour les illustrations, soit pour les collections d'autographes ou autres, *deux Catalogues détaillés* de quelques collections de portraits qui peuvent se trouver chez moi, classés par ordre alphabétique, seront remis aux personnes qui en feront la demande affranchie.

Renou et Maulde, imprimeurs de la Compagnie des Commissaires-Priseurs, rue de Rivoli, 144. 10632

ÉCOLE FRANÇAISE, XVIIIᵉ SIÈCLE
ET ORNEMENTS

1 Antiquités et autres, par Duplessis-Bertaux, Choffard, Lemire, etc. 20 p.

2 **Anonyme**. La Madeleine pénitente dans la grotte. Sup. ép. avant toute lettre.

3 **Babel**. Cartouches et culs-de-lampes, de Choffard. 12 pièces.

4 **Bonnet**. Offrande présentée par l'Amour à la Fidélité. Charmante pièce gracieuse d'ap. Huet. Très-belle ép. en couleur.

5 **Borel** (d'ap.). La faute est faite, permettez qu'il la répare, par Anselin. Ép. avec marge.

6 **Boucher** (d'ap.). Étude de femme nue couchée sur les nuages, par Fessard. Très-belle ép.

7 **Cassas** (d'ap.). Architecture égyptienne et autres. 19 p.

8 **Desplaces**. Vénus sur les eaux, d'ap. Coypel. Superbe ép., charmante composition.

9 **Écoles anciennes**. Bois allemands, Lepautre, école italienne, etc. 12 p.

10 **École flamande**, d'ap. Téniers, Wouvermans. 3 p.

11 **Fleurs**, Botanique, d'ap. Redouté, Poiteau, etc. 238 p. Pourra être divisé.

12 Galerie du Palais-Royal. 12 p.

13 **Huet** (d'ap.). L'Hiver. Vénus et l'Amour se chauffent à la flamme des cœurs. Jolie pièce en couleur, par Duruisseau.

14 — Le Bonnet, jolie dame avant sa toilette admirant son bonnet, en couleur.

15 **Jullien**. Le Maitre de dessin, études de fleurs et fruits. 40 p. dans un portefeuille

16 **Lithographies**. Ornements, paysages. 63 p.

17 **Lempereur**. L'Attente du plaisir, d'ap. An. Carrache. Belle ép. avant la dédicace.

18 **Longueil** (de). Diane et Actéon. d'ap. Titien. Sup. ép. avant la lettre.

19 **Mallet**. La Toilette, jolie femme qui se mire. en couleur, par Cardon.

20 **Maucherat de Longpré** (d'ap.). Renaissance de la fleur. 20 p. à l'eau-forte, par Compte-Calix. vol., dos toile.

21 **Miniatures anciennes**. Les douze Mois, 6 sujets avec 6 au revers, sur vélin, rehaussés d'or.

22 **Moreau**. Betzabée au bain, d'ap. Rembrandt.

23 **Moreau** le jeune. (d'ap.). Vignettes pour Gessner, 44. — Plus 20 doubles dont 1 avant la lettre. 64 p.

24 — Vignettes pour Voltaire et pour Rousseau. d'ap. Déveria, etc. 42 p.

25 **Photographies**. Ornements d'ap. Queverdo. et diverses pièces. 11 p.

26 **Picart** (B.). Vignettes pour l'Iliade d'Homère. 24 p. glomisées sur 2 feuilles.

27 **Pillement**, Fleurs bizarres, panneaux, arabes-
ques avec sujets et costumes chinois. 43 p. Sera
divisé.

28 **Pillement** (d'ap.). Paysages, par Canot et autres. 9 p.

29 **Porporati**. Suzanne au bain, d'après Santerre.
Très-belle ép.

30 **Queverdo**, inv. et sculp. L'Amant chéri. Jolie
p. in-4.

31 **Raffenel** (d'ap.). Costumes de la Sénégambie.
10 p. à 2 figures, coloriées.

32 **Redouté** (d'ap.). Les Liliacées. 116 planches
coloriées, en feuilles. Bel exemplaire.

33 **Saint-Aubin**. Vénus anadyomène, d'après Titien, avant la coquille. Sup. ép.

34 **Saint-Quentin** (d'ap.). Vignettes pour le mariage de Figaro. 5 p. in-8, remargées, grand papier.

35 **Watteau** (d'ap.). Panneaux avec sujets et costumes chinois. 3 p. Sup. ép., grandes marges.

36 **Vernet** (d'ap. J.) et autres. Marines. 15 p.

37 **Vignettes** d'Eisen, Gravelot, Marillier, etc.
44 p.

38 Guide du dessinateur de l'industrie, macédoine
de dessins variés. Environ 200 feuilles, vol. in-4,
dem.-rel.

39 Inspiration du dessinateur de Fabrique. 60 p.,
vol. cartonné, dos toile.

40 Nova Genera et species Plantarum, par Amat. de
Bonpland et Alex. de Humbold. Tomus septimus.
84 planches coloriées, vol. demi-rel.

41 Ornements tirés ou imités des quatre écoles.
410 planches dessinées et gravées par Riester,
Clerget, Feuchère et autres. En feuilles en 2 por-
feuilles.

42 Répertoire de l'ornemaniste, par Reynard, De-
vergeses et Blaisot. 20 p. à l'eau-forte, cahier.

43 Souvenir de l'Exposition 1839, volume de 50
feuilles doubles contenant environ 350 motifs
d'étoffes, demi-rel.

44 **Sujets divers**. Portraits, ornements, etc. 54 p.

PORTRAITS

45 **Chenay** (Paul). Victor Hugo, petit portrait de
face en 1860, in-8 sur chine; rare, marge in-4.

46 — Balzac, in-4; ép. d'artiste sur chine, marge
in-fol.

47 — Benoît Fould, in-4; magnifique ép. d'artiste
sur chine, marge grand in-fol., très-rare.

48 **Chromolithographie**. Saint-Ferdinand, vi-
trail de la chapelle de ce nom.

49 **Corr** (Erin). Léopold Ier, roi des Belges, à mi-
corps, d'après *Wappers*, grand in-fol., lettre
grise. Sup. ép., toute marge.

50 **Court** (d'ap.). Madame la comtesse de Barban-
tanes, en pied, grand in-fol., lithog. par Grevo-
don. Sup. ép. sur chine, avant la lettre.

51 **Denon**. Son portrait de profil, en pied, dessi-
nant dans la campagne, in-8, marge.

52 — Singry et autres. Portrait de Parny, Fleury
et autres. 60 p. lithog., glomisés sur 48 feuilles.

53 **Forster**. La Maîtresse du Titien. Très-belle ép.,
toute marge.

54 **Garnier** (F.). Charles X, d'ap. Gérard, in-fol
Superbe ép. avant la lettre, toute marge.

55 **Geille**. Lafayette. Superbe ép., le titre en lettres
blanches, sur chine, toute marge.

56 **Girodet**. Portrait de Coupin de la Couperie. —
Henri IV, par Gérard. 2 lithog. rares.

57 **Grevedon**. S. A. R. Madame Adélaïde, princesse d'Orléans, en pied, d'ap. Winterhalter, 1842.
Sup. ép. grand in-fol., chine.

58 — Sa Majesté Victoria, reine d'Angleterre, d'ap.
Th. Sully, à mi-corps, en manteau royal, in-fol.
Sup. ép. sur chine.

59 — Mlle Duchesnois, rôle de Jeanne d'Arc, d'ap.
Berthon. Sup. ép. in-fol., toute marge.

60 **Lefèvre**. Le général Foy, d'ap. Horace Vernet.
Superbe ép. avant la lettre, sur chine, toute
marge.

61 **Lignon**. Louis-Philippe d'Orléans, in-fol. d'ap
Gérard, toute marge.

62 **Muller** (F.). Calvin, in-fol. d'ap. Holbein. Très-
belle ép. sur Chine.

63 — Luther, d'ap. L. Cranach. — Calvin, d'ap.
Holbein. 2 p. in-fol. Très-belles ép.

64 **Ribault**. Napoléon Ier en costume du sacre.
Très-belle ép. avant la lettre.

65 — Portraits, costumes pour le sacre, dont celui
de grand juge. 3 p. in-fol. avant la lettre.

66 **Ribault** Bernardin de Saint-Pierre, in-4, avant la lettre, avec le globe. Très-belle ép.

67 — Marie-Louise, d'ap. Bosio. Sup. ép. avant la lettre.

68 — La même, avec la lettre.

69 — Ecouchard; Lebrun, poète, d'ap. Lafitte, in-4. Sup. ép., toute marge.

70 — Le général Ceroni présentant la cocarde tricolore à Pie VI, in-4. Superbe ép. avant la lettre, toute marge.

71 **Ruotte**. Jérôme Napoléon, roi de Westphalie, d'ap. Kinson, in-fol. Colorié. Sup. ép.

72 Portraits divers, in-8 et in-4. 32 p.

73 Portraits lithog. d'acteurs, généraux, etc. 104 p. diverses. 2 lots.

74 Molière et sa troupe, par H.-A. Solcirol, vol. in-4, orné de 5 portraits, broché.

ÉCOLE MODERNE — LITHOGRAPHIES

75 **Aligny**. Campagne de Rome, Corinthe, Cyclades. 3 p. à l'eau-forte.

76 **Atkinson**. The Evening Star, l'étoile du soir, d'ap. Barraud, ovale in-fol. Sup. ep.

77 **Aubry**. Histoire pittoresque de l'Équitation ancienne et moderne. 12 p. in-fol.

78 **Aubry-le-Comte**. Une scène du Déluge, d'ap. Girodet, grande lithog. sur chine.

79 **Bahman** (Ferd.). Saint Jean l'évangéliste, d'ap. Dominiquin. Sup. ép. in-fol.

80 **Bellangé**. Sujets militaires : Bouge pas, Polite; Cavalier à la plume, et sujets inédits, entêtes de musique, la Jeune Indienne, etc. 8 p.

81 — Croquis de circonstance, Retour au village, etc. 6 p. dont 2 in-fol.

82 — Et autres artistes. Recueil de 30 croquis de costumes russes, lithog.

83 **Boilly**. La Perruque du grand-père, les Grimaces, 11 p. — Les Peintres, 1760-1824; Leçon de musique, Entrée dans le monde, 4 p., par Aubry. En tout 15 p.

84 **Bonheur** (d'ap. Rosa). Les Moutons, Bocage vendéen. 2 lith. in-fol. avec ton.

85 **Bourgeois** et Vauzelle. Châteaux de France. 35 p. lithog.

86 **Caricatures** sur les calicots. 7 p. y compris la couverture; rare.

87 — Métamorphoses d'Arlequin. 11 p.

88 — M. Canard, les Rapprochements, etc. 9 p.

89 — Types et costumes, 1817; rares. 14 p.

90 **Charlet**. Croquis du prince Louis-Napoléon, en pied, catalogue Lacombe (8). Pièce rare.

91 — Colonne d'infanterie en marche (27). Rare.

92 — La Consigne (29). Très-belle ép., très-rare.

93 — La Bienvenue (35). Très-rare.

94 — Prisonniers russes (54) et autrichiens (55), costumes et sujets militaires. 9 p.

95 — Croquis sur chine, sujets de divers albums à la plume et autres. 21 p., très-belles ép.

96 — Titres de romances, 1res pensées non terminées. 15 p., la plupart rares.

97 — L'intrépide Lefèvre (402). — Le sergent Boniselle (103). 2 grandes pièces.

98 — L'Allocution (333). — Moi, Jacques Vincent (347). — Le Tailleur de pierres (336). — Elle a le cœur français (304). 4 grandes pièces.

99 — Réjouissance publique (293). Grande pièce historique.

100 — L'Empereur et le Grenadier : Nous nous mettrons en travers (405). Grande pièce à l'encre, rare.

101 — Vieille femme descendant un escalier (418). Deux enfants jouant aux soldats (424), non terminées. — Qui fête et honore ses maîtres, avec croquis en marge. Ép. sur chine (891). 3 pièces rares.

102 — Des Anges prédisant à l'agriculteur Piast son élévation au trône (455). 1er titre très-rare, non décrit au catalogue Lacombe.

103 — Pousse cadet, croquis. 1re pensée, tirée à un très-petit nombre (619). Très-rare.

104 **Compte-Calix** (d'ap.). Pour les pauvres. — Dieu vous le rendra. 2 charmants sujets de femme, lithog. coloriée.

105 **Decamps**. Sa vie, son œuvre, par Marius Chaumelin, in-8, brochure, Marseille, 1861.

— Le Chameau, ép. sur chine. — Croquis illustrant un texte d'Alex. Dumas, sa charge et autres p., par et d'après 6. p.

106 — Entêtes de romances pour l'album lyrique,
6 p. rares, très-belles.

107 **Demarne**. Études d'animaux. 12 lithog.

108 **Denon**. Lemoine, suite de 16 p. — et autres,
par Deveria, etc. 25 p.

109 **Deroy**. Souvenir du mont Blanc. 20 vues lithog.
avec ton, album oblong carton., dos toile.

110 **Detouche** (d'ap.). Galilée et le Doge, découverte
du télescope. — Christophe Colomb et Isabelle,
découverte de l'Amérique. 2 très-belles lithog.
avec ton, in-fol.

111 **Dupendant**. Échantillon britannique, le Chinois, une Biche apprivoisée, un Daim pris au
piége. 8 p. lithog. coloriées, charges drolatiques.

112 **Dupré**. Voyage à Athènes et à Constantinople,
Vues et costumes. 31 p. lithog. coloriées et texte
in-fol.

113 **Eaux-fortes** modernes, Diaz, Marvy, tiré de
l'*Artiste*, etc., 26 p.

114 **École anglaise**. Intérieur de cottage, sujets
de chasse, etc. d'ap. Landseer et autres. 4 p.
Sup. ép.

115 — Batailles de Trafalgar — de Waterlo. — Le
matin après le naufrage. 3 p. d'ap. Stanfield, etc.

116 — Cité de l'ancienne Grèce, Baalbec, Trente en
Tyrol, Oberwesel. 5 p. d'ap. Calcott, Robert,
Wilkie.

117 — Entrée d'Hyde Park, grande pièce coloriée.

118 **Forster** (F.). Le Christ, d'ap. Sébastien del
Piombo. Magnifique ép. in-fol.

119 **Forster**. La Vierge au bas-relief, d'ap. Léonard de Vinci. Ancienne et magnifique ép. sur chine, rare, toute marge.

120 **Fragonard** et Dufey. Types et caractères anciens. 18 p. lithog. coloriées.

121 **Gericault**. Les petits Chevaux, superbes épreuves avant les pierres cassées des chevaux d'Auvergne et cheval de la plaine de Caen., papier de Chine, 12 p.

122 — Jockey anglais en promenade. — L'Ane rétif. 2 p. lithog. à la plume en Angleterre, sur carton-pierre. Très-rares.

123 **Giraud** (d'ap.). Le Colin-Maillard, par Marin-Lavigne. Jolie lithog., in-fol. coloriée.

124 **Holl**. Saturday Night, Samedi soir. — Sunday Morning, Dimanche matin. 2 charmantes compositions d'ap. Absolon. In-fol., lettres blanches.

125 **Ingres**. Les quatre Seigneurs, lithog. originales pour le voyage de la Franche-Comté. Rare.

126 **Isabey**. Portraits de femmes; Abbaye de Saint-Wandrille; vues d'Italie, etc. 23 p.

127 **Jazet**. L'Orpheline. — Le Départ pour la ville. 2 jolies compositions, grand in-fol. d'ap. Destouches.

128 — Louis-Philippe passant la revue de la garde nationale en 1830, grand in-fol. d'ap. Gosse.

129 — Victoire de Navarin. — Lendemain de Navarin. 2 p. grand in-fol.

130 **Leclerc** (Ed.). La Paix. — La Guerre. 2 sujets de chevaux, in-fol. lithog. coloriées.

131 **Lecomte** (Hip.). Costumes de divers pays, lithog. 91 p.

132 — Costumes de théâtre de 1600 à 1820, lithog. 61 p.

133 **Lenfant de Metz** (d'ap.). Voyage payé. — Voyage gratis. 2 p. coloriées.

134 **Lithographies**, par Delorme, Guérin Rioult et autres, sujets gracieux. 14 p.

135 — Par A. Scheffer, Léon Coignet et autres. 17 p.

136 — Sujets de Gilblas et autres. 20 p.

137 **Lithographies**. Vues de Suisse et de Savoie, par Deroy, Muller, Berry et autres. 100 p. imp. à 2 tons.

138 — Portefeuille Diday, 6 vues de Suisse à 2 tons, ép. coupées.

139 — Paysages, par Thenot. 6 p. imp. en couleur, ép. coupées.

140 — L'Éducation normande. — Une Halte en Bourgogne, d'ap. Bellangé. 2 p. coloriées.

141 — Nouvelles études variées : Nopoléon III. — L'Impératrice. — Enfant sur chèvre, etc. 4 p. in-fol., coloriées rognées.

142 — Lapin de garenne. — Lièvre. 2 p., par Ed. Traviès. In-fol. coloriées, rognées.

143 — Le Jour de Noël, par J. David, coloriée. — Le Départ du Conscrit. — Croquemitaine. 3 p.

144 — La Jalousie, par Feederle. Jolie pièce.

145 — Femme en buste, la Peinture, etc. 2 p. in-fol.. ovales en couleur.

146 — Napoléon et son Fils, coloriée avec fond noir.

147 — Italienne à la fontaine, fac-simile de peinture coupée. — Jésus donnant les clefs à saint Pierre, d'ap. Poussin. 2 p.

148 — Chalets, 2 p. en couleur. — Le Lac. — Le Pâturage ; en tout 4 p.

149 Voyage aérien en France, Vues de villes à vol d'oiseau. 20 p. lithog. in-fol. avec ton.

150 **Cabinet Denon**. Fac-simile de dessins et autres. 97 p. montées en dessins sur 58 cartons.

151 — Statues, antiquités. 29 p.

152 **Manière noire**. Les Enfants de la mer. — Le vrai Bonheur. 2 p. in-fol., par Cornilliet, coupées.

153 — Première entrevue de Rachel et de Jacob. — L'Épreuve de la ressemblance. 2 p. in-fol. coupées.

154 — The Believer's Vision. In-fol. coupée.

155 — Tick-Tack. — Les Cartes. 2 p. coupées.

156 **Manigaud**. Mariage de Ruth et Booz, d'ap. Leloir. Belle manière noire, grand in-fol. sup. ép.

157 **Marlet**. Scènes de Paris, les Marionnettes, Musiciens ambulants, etc. 15 p.

158 **Mathieu**. Naissance de Bacchus, d'ap. *N. Poussin*. Sup ép. in-fol., toute marge.

159 **Michalon**. Paysages, 1825 ; lithog. de Lasterie. 4 p.

160 **Mouilleron**. Rembrandt en pied. Très-belle lithog.

161 — Le même. coupé.

162 — Les Enfants de la mer. — Le Berceau. — Symptômes d'amour. 2 très-belles lithog. d'ap. Israels.

163 **Moyen-âge** pittoresque, France, Espagne. 52 ép.

164 Moyen-âge monumental et archéologique. 95 p. 2 lots.

165 Moyen-âge monumental, détails. 100 p. 2 lots.

166 **Muller** (Enzing). Christ d'ap. Durer, in-fol. Très-belle ép.

167 **Musée de mœurs en actions**. Lecture du Testament. — Le Trouble-noce. — Les Maris s'insurgent. 3 p. Compositions pittoresques, in-fol. coloriées.

168 — Le Colin-Maillard. — Les Tentateurs. 2 charmantes compositions coloriées.

169 **Nordhein**. La Madonna di San-Sisto, d'ap. Raphaël. grand in-fol. Sup. ép.

170 **Off**. Proposition de mariage, belle lithog. in-fol., d'ap. Jordan.

171 **Pascal** (Adrien). Histoire de l'Armée et de tous les régiments, 3 vol. grand in-8 et 67 pl. en bois coloriées et autres hors texte.

172 **Photographie**. Mater Dolorosa, d'ap. De Rudder.

173 — Chapelle Sixtine, d'ap. Ingres.

174 — Angélique, d'ap. Ingres.

175 **Raffet**. Combat à la baïonnette, Prends mes cartouches, le Pauvre diable, le Guide est à droite et autres. 9 p. publiées en 1824 et 1825, chez Frérot. Très-belles ép.

176 **Raffet**. Album 1827, publié chez Moyon et autres. 12 p. Très-belles ép.

177 — Album 1830 avec la remarque, *Imp. lith. de Gihaut frères*. 12 p. Très-belles ép.

178 — Album 1831 avec la remarque, *Imp. lith. de Gihaut frères*. 12 p. Très-belles ép.

179 — Album 1832 avec la remarque. 12 p. Très-belles ép.

180 — Album 1833 avec la remarque. 12 p. Très-belles.

181 — Jérusalem délivrée, Napoléon à cheval, Gendarmes, faites feu, Emma, etc. 6 p.

182 — L'Attaque d'un village, la Leçon de danse et autres, sur papier de couleur. 9 p.

183 — Dessins faits d'après nature au siege de la citadelle d'Anvers, ouvrage complet en 24 planches, colorié ; il y a eu très peu d'ex. coloriés.

184 **Rahl**. Sainte Madeleine dans le désert, d'ap. Corrége. Superbe ép., toute marge.

185 **Reverdin** (D'ap.). Laocoon, Muses, Femme d'ap. Poussin. 6 p. in-fol.

186 **Ribault**. Dame accordant son luth, d'ap. Metzu. Sup. ép. avant la lettre chine, marge.

187 — Pâris et Enone, d'ap. Vander Werff. Sup. ép. avant la lettre chine, marge.

188 — Couronnement d'Epines, d'ap. Titien. — La Bohémienne. 2 p. avant la lettre.

189 — Vignettes d'après Moreau, Lafitte, Lebarbier, pour divers ouvrages. 16 p. Sup. ép. avant la lettre, sur 14 feuilles.

190 — Cathédrale de Reims, ép. d'eau-forte pure et différents degrés de fini. 10 ép. — Terminée. 5 ép. superbes, 4 sur chine et 1 blanc. En tout 15 p.

191 **Schaffer**. Roméo et Juliette, grande composition d'ap. Cornelius.

192 **Sluyter**. Cantabimus et psallemus, d'ap. Bosboom ; Moine touchant les orgues. Sup. ép. in-fol.

193 **Statues**. L'Amour et Psyché, Vénus accroupie, Therpiscore, Antinoüs, etc. 6 p. in-fol., par Desnoyers, Richomme et autres.

194 **Stober**. Sainte Catherine de Sienne, belle composition d'ap. Rieder, in-fol. Très-belle ép.

195 **Sturler**. Moïse sur la montagne, grand in-fol.

196 **Sudre**. La Chapelle Sixtine, d'ap. le tableau d'Ingres, Lithog., très-grand in-fol. Ép. avant la lettre sur chine.

197 — La même. Très-belle ép. avant la lettre sur papier blanc.

198 — La même. Très-belle ép. avec la lettre sur chine.

199 — Roger et Angélique d'ap. Ingres. Superbe ép. sur chine avec le titre en lettres anglaise.

200 — La même. Très-belle ép. sans lettre et sans filets.

201 **Tony**. Chevaux de race. 4 lithog. coloriées.

202 **Troyon** (D'ap.). Aux bords de la Seine, très-belle composition de bestiaux, grand in-fol. Superbe ép. avant toute lettre.

203 **Vernet** (Carle). Cris de Paris. 93 p. en noir.

204 **Vernet** (Carle). Etudes de chevaux français, anglais, arabes ; Etudes des têtes des mêmes chevaux, Cavaliers, etc. 78 p.

205 — Etudes de chiens divers. 12 p.

206 — Les Chiens savants, Chiens costumés, Charges, Chasses, Chevaux. Etudes de chiens. 19 p.

207 — Etudes de chevaux, imprimés sur papier de couleur et sur blanc. 23 p.

208 — Chevaux par et d'après ; la plupart sur papier de couleur. 33 p.

209 — Les grands chevaux de diverses races, arabes et autres de chasse, etc. 18 p.

210 **Vernet** (Horace). Catalogue de son œuvre lithographique, par M. L. M. B. (M. Bruzard), 1826, in-8 rare, une note manuscrite pour supplément.

211 — Eclaireur du 1er et 2e rang, tenue de campagne (11 et 12), avec brochure rare.

212 — Portrait de Boyer, président de la République d'Haïti, d'ap. Duperly (57). — Les Osages (221). 2 p. rares.

213 — Portrait de Madame la Maréchale Macdonald (200). Superbe ép. très-rare.

214 — Repos de chasse, En fin fond des forêts, il est un chêne immense, Vignette avec vers pour un livre de M. Mac-Mahon (La Saint-Hubert) (206). Rare.

215 — Valet de limier allant au bois (214), pierre biffée. — Valet de limier en chasse (215), pierre non terminée. 2 pièces très-rares.

216 **Vernet** (H.). La prime Grégoire Gagarin, en
pied; Rome 1832 (227). Ep. sur chine, rare.

217 — Petits petits, Tiens ferme, Coquin de temps,
Gredin de sort. 6 sujets militaires.

218 — Qui dort dîne, la Cuisine militaire, le Flûteur,
Grenadier et autres sujets militaires. 12 p.

219 — Les Adieux, Leicester, don Juan, Mathilde et
Malekadhel et autres. 20 p., la plupart sur papier
de couleur et rognées.

220 — Edithe au col de Cygne, Manfred, le Toast,
5 mai 1821 et autres. 16 p.

221 — Vue du lac, 1825, au général Moncey, sujets
de chasse et autres. 20 p.

222 — Sujets pour la Henriade. 8 p.

223 — Portraits : le colonel de Chambure, Chauve-
lin, général Foy, Perlet, Maurocordato, Pie VIII,
Carle Vernet, en pied et en buste. 8 p.

224 — Scène d'Auvergne, Sujets de Grivet, Retour
de Syrie, Blessés attaqués par des cosaques, etc.
9 grandes pièces.

225 — A Stage-coach, Malle-poste, Quiroga, Mort
de Poniatowski. 5 grandes pièces.

226 — Chevaux de races et autres par et d'après
Carle et Horace Vernet. 13 p.

227 **Villa Amil**. Vues d'Espagne, Cathédrale de
Tolède, intérieur et autres. 9 lithog. in-fol. avec
ton.

228 Animaux divers gravés et lithog. 32 p.

229 Têtes d'Etudes tirées du tableau d'Henri IV,
Atala, etc. 7 p. in-fol.

CATALOGUES

230 Catalogue de tableaux, esquisses peintes, dessins, aquarelles, estampes après le décès de *Charlet*, avec une notice de Billoux en tête. *Paris*, 1846, avec la plupart des prix. Rare.

231 Catalogue d'une nombreuse collection de dessins des maîtres français et autres des XVIIIe et XIXe siècles, et d'une collection unique de plus de 12,000 lithographies dont les œuvres de Géricault, Vernet et Charlet, après décès de *M. Bruzard*, avec les prix. Rare.

232 Catalogue raisonné de la rare et précieuse collection d'Estampes, réunie par *M. Debois*. Paris, 1843, avec les prix.

233 Cabinet de M. H. de L. (*de La Salle*). Estampes anciennes, 1856, avec les prix.

234 Collection *de la Combe*. Tableaux, dessins, eaux-fortes, lithographies, 1863, avec les prix.

235 Collection de *Saint-Georges*. Dessins, tableaux, eaux-fortes modernes et Estampes anciennes, lithographies, œuvre de Charlet, etc., avec les prix.

236 Catalogue *Raffet*. Dessins, aquarelles, études, etc., 1860, avec des prix.—Estampes, lithographies et eaux-fortes rares, exécutées par *Raffet*, etc., 1860, après son décès, avec des prix.

237 Catalogue de la collection d'Estampes anciennes et modernes recueillies par *M. Revil*, rédigé par Pieri-Benard. Paris, 1830, avec le petit chat de Visscher, lithog. par Muret. Paris. 1830, avec les prix.

238 Catalogue de la curieuse collection composant le cabinet de M. le Baron *Ch. de Vèze*, avec les prix.

239 Catalogue Vischer, Maurel, chevalier Camberlyn. 2ᵉ partie, etc. 17 catalogues avec quelques prix.

240 Catalogues Laterrade, Lajarriette. Marcille, duc de Feltre, etc. 30 catalogues.

241 Catologues de tableaux, dessins, etc. Ventes Diaz, Delaroche, Delacroix, A. Giroux, Soret, etc.; quelques-uns avec des prix. 18 catalogues.

242 Catalogues de livres des ventes Busche, Soret, L. Double, de Saint-Maurice. 4 catalogues avec prix.

243 Livrets du Salon 1819 à 1850. 16 livrets.

244 Sous ce numéro, environ 500 p. de divers genres: paysages, chevaux, etc., etc. Formeront plusieurs lots.

245. Environ 200 calques. Dessins divers, la plupart par Muret. Formera 2 lots.

Renou et Maulde, imprimeurs de la Compagnie des Commissaires-Priseurs, rue de Rivoli. 144. 10632